CHRISTOPHE BEC - STÉPHANE BETBEDER

# HÔTEL PARTICULIER

PREMIÈRE PARTIE

Soleil

Les auteurs tiennent à remercier :

*Leslie Bloquert, Samuel Gomez, Jean-Daniel Trassaert, Dorothée Bayard, Ludivine Lafarge, David Brunner et Branckiza Erceg, pour nous avoir offert leur image et s'être prêtés au jeu. Merci à Léonard, " Le Florida ", Yann & Camille, Leslie, Emilie, et Kako & Jérôme d' " Hair pur " pour leur aide.*

*Pierre, Brancki, JP, " Le Chat d'Oc ", JR & Stéphanie, Roro, et Sébastien & Isabelle ( B's family). Aux désormais absents : mon père, Sam et Lloyd.*

Stéphane B.

*À Ludi et Richard.*

Christophe B.

Sources photographiques :
*Ines Van Lamweerde " The Widow " (page 23 - case 4 et page 29 - case 4).*
*Nobuyoshi Araki " Tokyo Nostalgia "1997 - www.photology.com/ araki/ (page 21 - case 1, tableau de droite).*
*Alfred Hitchcock " Vertigo " 1958 – Paramount (page 42 - cases 1, 3, 4 et 5).*


Soleil Productions, Le Grand Hôtel, Place de la Liberté - 83000 Toulon
Tél : 04 94 185 185 - fax : 04 94 62 30 21
Dépôt légal novembre 2000 - ISBN 2 - 84565 - 105 - 8


Photogravure : Quadriscan - 04 Oraison
Photogravure de couverture : Infoscan - 06 Sofia Antipolis
Impression : Lesaffre - Tournai - Belgique
Reliure : Reliures Brun

On croit connaître les gens... Surtout ceux qui vivent sous le même toit.
Vous la croisez dans les escaliers, vous entendez ses pas au-dessus de vous...
Sans même vous en rendre compte, vous savez tout de ses allées et venues, de son rythme de vie...
Alors vous la guettez. Puis vous l'invitez...
Les choses se déroulent comme vous l'avez décidé...
Vous la séduisez et c'est plutôt agréable.
Mais vous vous lassez vite : vous ne croyez pas aux Happy Ends.
Alors vous rompez...
2

Et même si vous avez largement abusé de sa naïveté - vous êtes du genre manipulateur...
Vous n'y pouvez rien - vous pensez que les torts sont partagés et que, de toute façon, ça ne pouvait pas coller.
Vous apprenez à l'éviter...Vous reprenez vos petites habitudes...
Pour vous, rideau sur la vie à deux... Dorénavant vous vivrez seul, c'est décidé !
Quant à elle, vous êtes certain qu'elle vous oubliera sans effort.
Oscar pensait connaître Anna, mais il se trompait.
3

J'ai toujours eu des relations ambiguës avec les gens ...
J'aime être regardé et susciter de la méfiance, de la crainte ou de la convoitise ...
Avec des inconnus comme avec mon entourage.

Je le mérite parce que je l'ai voulu...
Je l'entretiens parce que ça me plaît.
Louise, c'est ma voisine du dessous...
Aussi loin que je me souvienne, je l'ai toujours connue. Elle fait un peu partie de ma famille. C'était la bonne à tout faire de la vieille... de ma grand-mère.
Maintenant, c'est une vieille peau. Y a rien de pire que les vieux qui attendent de mourir, handicapés et séniles...
Et l'odeur... L'odeur qui se dégage de son appartement, l'odeur de vieux, l'odeur de mort, je ne peux plus la supporter...
BONJOUR, LOUISE !
Si elle venait à mourir, je ne la pleurerais pas... ça non...
J'ai toujours pensé qu'il valait mieux partir avant de n'être plus capable de rien.
Visiblement, elle n'a pas su...
5

Et Anna, oui Anna, la locataire du dessus, je suis sûr qu'elle m'épie...
Mais je ne la vois jamais...
Quatre mois qu'elle se cache... Depuis cette histoire de photo "Psychose", elle a l'air de ruminer sa haine...
C'est pas que ça me dérange... ça a du bon de se sentir haï...
Mais j'aimerais quand même savoir de quoi il en retourne exactement.

6

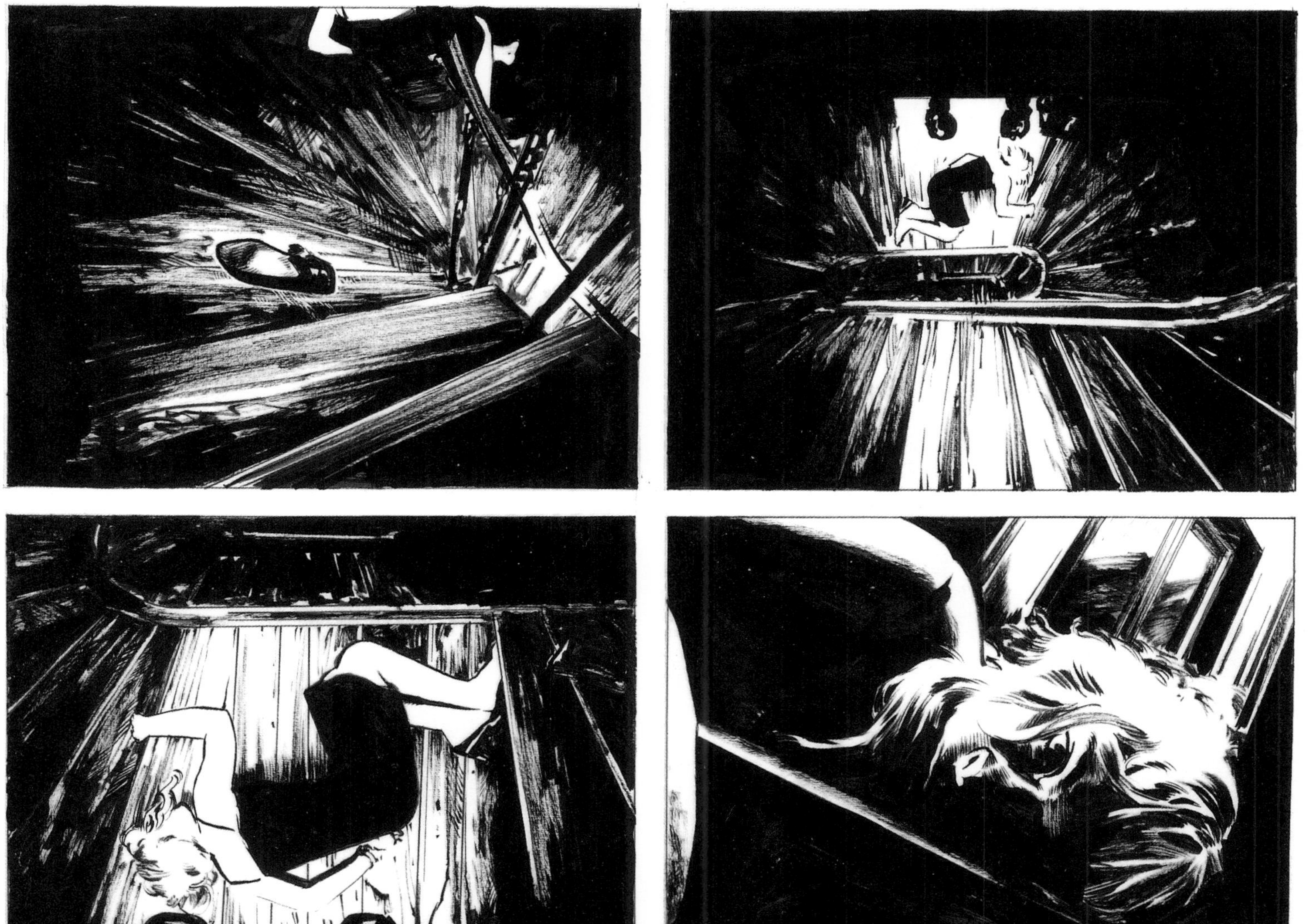

Plus de peur que de mal... comme d'habitude !
Ce qu'il y a d'horripilant avec les suicidaires, c'est que plus ils persévèrent, plus ils se ratent...
À croire qu'ils le font exprès...
Rien de bien étonnant après tout, Miss Anna est complètement givrée...
Et en plus elle m'en veut !
Tout ce que j'aime... C'est comme ça, je ne contrôle pas...
Une affaire à régler et je suis à vous, mademoiselle !
8

Vous aimez ces lieux anachroniques, chargés d'histoire, vous vous y sentez chez vous.
Vous vous voyez en dandy raffiné échappé d'un 19ème siècle illusoire, sûr de vous, de votre pouvoir de persuasion, de vos convictions. Et pourtant vous devriez vous méfier.
Souvent les gens qui partagent certaines idées et certains buts forment un clan. Ils se rassemblent autour d'un chef, un meneur charismatique et ambitieux. Et chacun joue son personnage...
LE FLORIDA
Le dominateur domine, les souffre - douleurs tendent l'autre joue et les courtisans courtisent.
Vous organisez une exposition, vous avez besoin de main d' œuvre et de participants, les autres profitent de votre début de notoriété pour se faire remarquer. Chacun y trouve son intérêt.
Mais l'équilibre est précaire et vous ne ménagez personne. Des choses se trament dans votre dos dont vous n'avez même pas idée.
VOUS NE ME CROYEZ PAS ?!
Pour l'instant vous n'avez rien à craindre, votre cas n'est pas à l'ordre du jour...
Même si certains masques sont en train de tomber.

9

POURTANT, C'EST UN FAIT...
J'AI DES YEUX PARTOUT! TOUTE LA VILLE EST MON CHAMP D'INVESTIGATION...
LÀ CE SONT DES INCONNUS, MAIS ÇA AURAIT TRÈS BIEN PU ÊTRE L'UN D'ENTRE VOUS...
SI VOUS ALLEZ DANS UN LAVOMATIQUE OU SI VOUS MARCHEZ DANS LA RUE...
SI VOUS TRAÎNEZ DANS UN BAR, UNE DISCOTHÈQUE OU UN MAGASIN...
FAITES UN SOURIRE AUX CAMÉRAS, PENSEZ QUE JE VOUS OBSERVE... D'AILLEURS, JE SAIS DES CHOSES SUR CHACUN DE VOUS...
DES CHOSES FAITES DANS UN LIEU PUBLIC ET DONT VOUS N'ÊTES PAS SPÉCIALEMENT FIERS...
LES PETITES HUMILIATIONS QUOTIDIENNES QUE L'ON PRÉFÈRE GARDER POUR SOI!

10

TU BLUFFES ! ENFIN, VOUS VOYEZ BIEN QU'IL BLUFFE, LÀ !
AH OUI ! DANS CE CAS-LÀ, ÇA NE TE DÉRANGERA PAS QUE JE MONTRE AUX AUTRES CERTAINES IMAGES ENCORE TOUTES CHAUDES ?
TU ÉTAIS OÙ, HIER SOIR ?
200 BALLES ET JE LA RANGE... SINON, ÇA PEUT ÊTRE TRÈS INSTRUCTIF !... POUR TOUT LE MONDE !...
TU JOUES LES MAÎTRES CHANTEURS, MAINTENANT ?!
FAUT BIEN GAGNER SA CROÛTE, MA BONNE DAME !
ELLES VIENNENT D'OÙ CES IMAGES ?
11

JE CONNAÎS PLUSIEURS PERSONNES QUI TRAVAILLENT DANS DES RÉGIES DE TÉLÉSURVEILLANCE ... ET JE CONNAÎS LES ENDROÎTS OÙ ÎLS ENTREPOSENT LES BANDES !
TU VEUX VOÎR ?
EUH ... O.K., JE TE CROÎS SUR PAROLE !
ÎL TE FAÎT MARCHER ! ÎL SE FOUT DE TA GUEULE !
ALORS ? C'EST COMME TU VEUX, ON REGARDE OU T'ABOULES LE FRIC ?
100 F. ÇA VA ?
150 F.
130 ... 132 ... 135 ! C'EST TOUT CE QUE J'AÎ !
O.K. ÇA ÎRA !
QU'EST-CE QU'ÎL FAÎT ?
12

13

Y a des jours où l'on risque de tout perdre, alors il faut jouer fin...
Mais y a des jours où l'on n'a pas envie de se confronter aux autres...
LE VOILÀ.
Et c'est justement dans ces moments-là que les autres décident de vous emmerder.
T'ES EN RETARD!
Il faut commencer d'entrée de jeu...
Attaquer pour ne pas avoir à riposter...
OH! J'AI DU MAL À CROIRE QUE JE VOUS MANQUAIS TANT QUE ÇA!
Rendre coup pour coup.
15

ALORS, VOUS EN ÉTIEZ OÙ ?
BEN JUSTEMENT, ON SE DEMANDAIT SI ON ÉTAIT OBLIGÉS D'ALLER AUSSI LOIN DANS LA PROVOCATION ?
RECTIFICATION : TU TE DEMANDAIS SI TU ÉTAIS OBLIGÉE D'ALLER AUSSI LOIN !...
OK, IL SERAIT TEMPS DE REMETTRE LES PENDULES À L'HEURE...
C'EST MOI QUI SUIS À L'ORIGINE DE CETTE EXPOSITION, C'EST MOI QUI PRENDS TOUS LES RISQUES ET TOUTES LES RESPONSABILITÉS !
C'EST DONC MOI QUI PRENDS LES DÉCISIONS ...
UN BOURBON, S'IL TE PLAÎT.
DONC LA RÉPONSE EST : OU TU SUIS, OU TU VIRES !... CECI ÉTANT DIT, J'AIMERAIS SAVOIR OÙ EN EST CHACUN DE VOUS !
16

17

...ON A TOUS UNE PETITE BOÎTE...
...UNE PETITE BOÎTE À SOUVENIRS, DANS LAQUELLE ON COLLECTE SES PETITS TALISMANS, SES PETITES CHOSES PRÉCIEUSES...
UN INVENTAIRE DE CHOSES INTIMES, QUE L'ON TIENT SCRUPULEUSEMENT.
ET ON L'OUVRE DE TEMPS EN TEMPS POUR SE PLONGER DANS SES SOUVENIRS ET SE RACONTER DES PETITES HISTOIRES...
ON Y ENTREPOSE DES PHOTOS GLANÉES ÇA ET LÀ, DES LETTRES REÇUES, DES LETTRES QU'ON N'ENVERRA JAMAIS, ET DES BABIOLES...
ON LES REGARDE, ON LES CARESSE, ON LES CAJOLE...
NON ?
18

Une fois de plus, j'ouvre la malle à souvenirs, histoire d'y déposer un nouvel objet… Parmi tous les objets que j'ai accumulés jusqu'alors… chacun correspond à une personne qui m'a marqué… Aujourd'hui, Anna est entrée dans la malle en même temps qu'elle est sortie de ma vie…
Je ne garderai d'elle que la corde qui m'a servi pour la photo dans laquelle je l'ai mise en scène : ensanglantée, pieds et mains liés, ligotée dans un rideau de douche, le visage figé en une expression d'extase… Ça c'était le projet initial et je ne pensais pas qu'elle le prendrait autant à cœur… L'éternelle victime s'est enfin révélée…
Elle s'est mutilée avec un cutter, pour que le sang qui perle soit vraiment le sien… Elle m'a fait une crise après la séance en m'accusant de sadisme. Elle s'est sentie violée parce que je l'ai poussée à bout. Mais c'est une victime née ! Je n'ai été que le révélateur.
En tous les cas, je l'ai virée illico presto. J'ai eu ce que je voulais. Mais elle aussi a eu quelque chose en retour : elle connaît maintenant ses désirs les plus secrets et ses peurs les plus enfouies… Plutôt que de m'en vouloir à mort, elle ferait mieux de me remercier !
19

MOUAIS...
ÉCOUTE, MATHILDE ...
ÇA NE S'EXPOSE PAS, TES PETITS TRUCS ! IL FAUT QUE TU APPRENNES À TE LÂCHER UN PEU !
C'EST BIEN DE PARLER DES CHOSES DE L'INTIME, MAIS LÀ, FRANCHEMENT...
... PERSONNE N'EN A RIEN À FOUTRE !
QU'EST-CE QUE C'EST, ÇA ?!
UNE PHOTO DE MA GRAND-MÈRE...
ELLE ME RENVOIE L'IMAGE DE CE QUI M'ATTEND...
C'EST LA LÉGENDE ? AÏE, AÏE, AÏE !... MAIS ON EST PAS LÀ POUR FAIRE DANS LE MIELLEUX, ON EST PAS DANS LE DOMAINE DU PUDIQUE...
ON FAIT DANS L'IMPUDEUR, LE SALE, LE GLAUQUE ! NE VOUS EN DÉPLAISE, MADEMOISELLE !
20

De toute façon, c'est terminé. Aujourd'hui, 5 février 2000, point final sur Anna !

21

22

Ils ne comprennent décidément rien à rien...
Complètement à côté de la plaque... Pourtant ce n'est pas faute de les avoir briefés...
Et pour arranger le tout...
Barbara...
Ma douce et tendre Barbara...
...veut jouer au chat et à la souris...
Je la connais par coeur, dans dix minutes elle rampe à mes pieds !
MMH... REGARDE ...
Elle n'est pas assez persistante pour m'inquiéter, du moins je l'espère.
J'aimerais bien les virer : pas un pour racheter l'autre...
Mais j'ai trop besoin d'eux...
Trois semaines avant l'exposition, je suis coincé.
Bon, il va encore falloir servir d'exemple !
ÇA C'EST DU GLAUQUE ! ÇA C'EST AMBIGU ! ÇA, ÇA CHOQUE !
23

MERCI !
OUI, JE COMPRENDS ...
TU COMPRENDS ?
... JE COMPRENDS QUE JE N'AI RIEN À FAIRE ICI ...
... AVEC DES GENS INSENSIBLES ET DES CYNIQUES DE VOTRE ESPÈCE ! JE REMBALLE MES AFFAIRES, ET JE ...
MERDE !
CRIIII
24

TU L'AS FAIT EXPRÈS, CONNASSE !!
ET QU'ON NE ME PARLE PAS DE MALADRESSE ! ÇA N'EXISTE PAS LA MALADRESSE. LA MALADRESSE C'EST POUR LES FAINÉANTS...
POUR LES ÉCLOPÉS DU CERVEAU, LES CONS, LES BEAUFS !
DONNE-MOI TA MAIN !
DONNE !
REGARDE, ENTRE TES YEUX ET L'OBJET, IL Y A TA MAIN.
NE PENSE PAS AU RÉSULTAT DE L'ACTION, PENSE À TA MAIN ! ON VA DÉCOMPOSER LE GESTE, LENTEMENT...
25

TON CORPS N'EST QU'UN VÉHICULE, IL FAUT QUE TU LE MAÎTRISES !
TU ME FAIS MAAAL...
LAISSE-TOI FAIRE, C'EST POUR TON BIEN... REGARDE : TA MAIN VA VERS LA TASSE...
TU LA PRENDS PAR L'ANSE ! OUI COMME ÇA, C'EST BIEN...
TU LA RAMÈNES VERS TOI... NE LA LÂCHE PAS DES YEUX...
ET TU LA POSES DEVANT TOI, TRANQUILLEMENT... OUI... C'EST ÇA !
TU ME FAIS MAL !!
26

CLING!
ALLEZ, MAINTENANT RAMASSE!
Et voilà...
Je vais avoir droit aux doléances de Barbara...
C'est sans surprise...
Je sens leurs regards accusateurs...
Chacun attend une réaction...
Elle va se lancer...
3...2...1...
Balance ton fiel !...
ÇA T'APPORTE QUOI D'ÊTRE AUSSI MAUVAIS?!
27

OH ÇA VA, JE NE SUIS PAS MÔÔVAIS !
MOI CE QUE JE FAIS, C'EST POUR VOUS, AVEC VOUS. MAIS SI LE RÉSULTAT NE VOUS PLAIT PAS, J'ARRÊTE TOUT.
DÉMERDEZ-VOUS !
Tu ne sais pas ce que c'est que d'avoir de l'autorité...
ALLEZ, NE M'EN VEUX PAS !
Et de vouloir la garder. À tout prix !
TU SAIS, C'EST PAS SI MAL, CE QUE TU FAIS !
TU N'AS QU'À FAIRE DE GRANDS TIRAGES, AVEC DES TEXTES, SI TU VEUX, BIEN IMPOSANTS.
28

...ET ÇA PRENDRA UNE AUTRE DIMENSION.
...DANS TOUS LES SENS DU TERME !
BON, ESSAYEZ DE NE PAS VOUS ÉTRIPER PENDANT QUE JE SUIS AUX CHIOTTES...

Voilà... Voilà l'image qu'elle laisse derrière elle... l'image d'un cul dans le regard d'un crétin...
Mademoiselle joue sa libertine...
...Mais ça n'est même pas une nymphomane...
...À peine une allumeuse, maladroite en plus !
De toute façon, ça semble clair, elle flirte avec la vulgarité !
TU VAS QUAND MÊME PAS PRÉSENTER TES PHOTOS PÉDOPHILES ?
CE NE SONT PAS DES PHOTOS PÉ-DO-PHILES !...
SI J'AVAIS VOULU EN FAIRE, Ç'AURAIT ÉTÉ PLUS EXPLICITE, CROIS-MOI ! J'AURAIS PU FAIRE BIEN PIRE !
OUAIS MAIS ÇA L'EST SUFFISAMMENT, SINON LES PARENTS NE T'AURAIENT PAS FOUTU UN PROCÈS AU CUL !
30

MAIS ÇA, C'EST MON PROBLÈME ! SI JE LES MONTRE, ÇA N'ENGAGE QUE MOI !
FAUT SAVOIR PRENDRE DES RISQUES !
JE DIRAIS MÊME PLUS... SAVOIR PRENDRE DES RISQUES OU RISQUER DE VOLER DES IMAGES...
... À L'INSU DES GENS, SOURNOISEMENT ...
... COMME UN PICKPOCKET !
VOLER ET NE SURTOUT PAS MENDIER ! AH ÇA NON, JAMAIS !...
JUSTE POUR ELLES, MES PETITES GARCES, POUR LES EXPOSER À LA VUE DE TOUS...
LEUR EXHIBITION CONTRAINTE ET FORCÉE !
31

OUAIS ... EN TOUT CAS, ON PEUT BOUSCULER UN PEU LES GENS!
J'EN SUIS LA PREUVE VIVANTE! Y'AURA DU GRATIN, POUR LE VERNISSAGE: ALORS, IL FAUT METTRE UN GRAND COUP, RAS-LE-BOL DE LA POLITIQUE DES VENTRES MOUS!
IL FAUT FAIRE FORT, SINON, AUTANT NE RIEN FAIRE!
ON IRA MÊME JUSQU'À FAIRE MOUILLER LES FILLES ET METTRE MAL À L'AISE LES MECS DANS LEURS PANTALONS ...
EN BREF, EXCITER LES GENS À L'ENDROIT OÙ ILS S'Y ATTENDENT LE MOINS: LORS D'UNE EXPOSITION.
MAIS OUI, TU AS PEUT-ÊTRE RAISON, LES BOUSCULER UN PEU...
ON VA LEUR EN METTRE PLEIN LA VUE!
T'ESSAIES DE NOUS CONVAINCRE OU TU TE RASSURES?

32

ANTOINE!
JE...
JE TE PRÉVIENS ...
NE ME CHERCHE PAS!
ALLONS, OSCAR, TU PRENDS TOUT ÇA TROP À COEUR!
33

ANTOINE, S'IL TE PLAÎT, N'INSISTE PAS !...
OH! DÉJÀ SI TARD!
BON, MOI JE DOIS Y ALLER!
34

TU M'APPELLES PLUS TARD !
OH !
IL EST DONC DE MAUVAISE HUMEUR !
PERSONNE NE T'OBLIGE À EN SUPPORTER DAVANTAGE, SURTOUT PAS MOI !
BON, BEN TCHAO TOUT LE MONDE, À CE SOIR, PEUT-ÊTRE !
HÉ ! AU FAIT, TU PRÉSENTES TOUJOURS TA COLLECTION DE POUPÉES "BARBIE" ?
AH O.K., LES COUPS BAS... C'EST MON TOUR MAINTENANT ?
35

Si tu savais ce que je pense de toi ma pauvre...
J'ai tout fait pour que tu ressembles à quelque chose et ça n'est pas le cas, tu ne ressembles à rien !
Tu es conne, futile et sans intérêt.
BON, QUANT À VOUS DEUX, VOUS AVEZ BIEN COMPRIS CE QU'ON DOIT FAIRE ET SURTOUT CE QU'ON NE DOIT PAS FAIRE ?...
OUI... C'EST ENREGISTRÉ, ON N'EST PAS DES GENTILS !
... ON EST RIEN QUE DES MÉCHANTS PERVERS ET ON EMMERDE LES BIEN-PENSANTS !
OUI... SI TU VEUX... ON EST D'ACCORD ?
C'EST TOI QUI DÉCIDES !
36

OSCAR ! OSCAR ! ATTENDS-MOI !
ÇA TOMBE BIEN QU'ON AIT LE MÊME TRAJET...
J'AVAIS JUSTEMENT DEUX TROIS TRUCS À TE DIRE !
TU SAIS, J'AI BEAUCOUP AIMÉ COMMENT TU AS RÉAGI AVEC MATHILDE. C'ÉTAIT UN PEU DUR, MAIS C'ÉTAIT MÉRITÉ ! MOI, JE SUIS AVEC TOI À 100% !
D'AUTANT QU'ON FAIT PRESQUE LE MÊME BOULOT, ALORS, FAUT QU'ON SE SERRE LES COUDES !
ON A LES MÊMES MOTIVATIONS, LES MÊMES BUTS !...
CE SERAIT BIEN QU'ON COLLABORE, HEIN ?
ON POURRAIT MÊME... WOAW ! PINCE-MOI, JE RÊVE !
37

LA PETITE GARCE... TU VOIS ÇA. NON MAIS TU VOIS ÇA ?!
BIDIP BIDIP!
OUI, BARBARA... NON MAIS C'EST TOI QUI CHERCHES, AUSSI... T'AS FAIT LA CONNE TOUT À L'HEURE !...
J'AIME LES FILLES DES MAGAZINES, J'AIME LES FILLES QU'ON VOIT DANS "ELLE"...

OUAIS, C'EST ÇA, FAIS PAS L'INNOCENTE !... MAIS JE NE TE PARLE PAS DE TES FRINGUES...
JE TE PARLE DE TON PETIT MANÈGE AVEC ANTOINE...
SI VOUS ÊTES COMME CI, TÉLÉPHONEZ-MI !
ÉCOUTE, QUE CE SOIT BIEN CLAIR, TU COUCHES AVEC QUI TU VEUX !
JE NE VEUX PAS LE SAVOIR, C'EST TOUT CE QUE JE TE DEMANDE ! PARCE QU'ANTOINE, EXCUSE-MOI, C'EST VRAIMENT UN NAZE... ATTENDS, JE TE RAPPELLE !
MAIS FAIS-LE POUR TOI, NE LE FAIS PAS CONTRE MOI !...
SI VOUS ÊTES COMME ÇA, TÉLÉPHONEZ-MOI !
BONNE PIOCHE, C'EST DANS LA BOITE !
89

T'ES UN VRAI CAUCHEMAR ! À LA RECHERCHE DU TAMPAX USAGÉ OU DU POIL PUBIEN POUR ENRICHIR TA COLLECTION ...
DÉGUEU-LASSE !
OH, EH, ÇA VA, FAUT PAS EXAGÉRER !
NON, MAIS RENDS-TOI COMPTE, ÊTRE TOUJOURS À L'AFFÛT DU MOINDRE DÉTAIL SCABREUX, C'EST QUAND MÊME PAS NORMAL ! T'ES UN CHAROGNARD !
C'EST PAS BIEN ÇA, HERVÉ ... PAS BIEN DU TOUT !
JE SAIS BIEN, JE NE LE REFERAI PLUS ...
MAIS LAISSE-MOI CETTE PELLICULE !
JUSTE CELLE-LÀ !
TU RÊVES !
ET QUE JE NE T'Y REPRENNE PLUS ! SINON, C'EST MON POING DANS LA GUEULE, COMPRIS ?!
TU FAIS CHIER, OSCAR !
40

De retour chez vous – votre seul et unique refuge – une fois la porte close, vous n'avez plus rien à craindre... Rien ni personne...
Vous avez dépensé beaucoup d'énergie pour remettre les autres à leur place...
... et conforter ainsi votre domination sur le groupe.
Vous êtes épuisé, vous pensez pouvoir jouir d'un repos mérité, et si possible dans les bras d'une courtisane.
Mais la courtisane est sur le pied de guerre et, pour votre plus grand malheur, son ennemi c'est vous !
On le sait, vous appréciez les joutes verbales... Vous encouragez même les conflits... Mais là, vous êtes à bout... À bout de nerfs... À bout de force...
.Et vous devez encore vous battre !
41

TOI, TU ME RÊVES...
PARCE QUE J'AIME LES BLONDES, TU TE TRANSFORMES EN BLONDE !
J'AIME "VERTIGO", ET COMME PAR HASARD, AU MOMENT OÙ J'ARRIVE TU REGARDES "VERTIGO" !...
... Y A PAS À DIRE, T'AS VRAIMENT UNE FORTE PERSON-NALITÉ !
... MAIS LÀ OÙ TU TE GOURES, C'EST QU'IL N'Y A JAMAIS DE HAPPY-END, JAMAIS !
J'AI VU LA PHOTO DANS L'AUTRE PIÈCE... OU DU MOINS CE QU'IL EN RESTE !... T'AS FAIT UNE CROIX SUR TES PENCHANTS BRUNE-VICTIME ET T'AS ENFIN OPTÉ POUR BLONDE-FATALE ...
... C'EST ÇA ?
42

ÇA TE VA PAS SI MAL... ET DIRE QUE C'EST GRÂCE À MOI!
J'AI BIEN MÉRITÉ UN GROS ET LONG PATIN HOLLYWOODIEN, MOI!
CLAC!
CLAC!
DRIIII
CE DOIT ÊTRE BARBARA, MA FUTURE EX...
DRIIIII...
... OU PEUT-ÊTRE PAS, APRÈS TOUT, ELLE NE REFUSE PAS MES AVANCES, ELLE!

43

DRIIIII
ET EN PLUS, C'EST UNE VRAIE BLONDE !
TOUCHE PAS À CET INTERPHONE !
TOUCHE PAS À CET INTERPHONE, JE TE DIS !!
BON, O.K., TU VEUX QU'ELLE MONTE ? FAIS-LA MONTER, J'AI À LUI PARLER, MOI, À CETTE BLONDASSE !!
TU VAS ÊTRE UNE GENTILLE FILLE, O.K. ! TU VAS CHERCHER TES CHAUSSURES ...
... MONTER CHEZ TOI, GOBER DEUX LEXOMIL ET TE COUCHER !
44

...BARBARA... BARBARA?
TOI, TU DÉGAGES!
OSCAR...
45

JE NE TE PLAÎS PAS COMME ÇA ?
MA PAUVRE ANNA...
TU SAIS VRAIMENT PLUS OÙ T'EN ES !



À SUIVRE...